W0186649

IDENTITÉ NOMADE

DU MÊME AUTEUR

Le Procès-verbal, Gallimard, Folio n° 353, 1963.
Le Jour où Beaumont fit connaissance avec sa douleur, Mercure de France, 1964.
La Fièvre, Gallimard, L'Imaginaire n° 253, 1965.
Le Déluge, Gallimard, L'Imaginaire n° 309, 1966.
L'Extase matérielle, Gallimard, Folio essais n° 212, 1967.
Terra Amata, Gallimard, L'Imaginaire n° 391, 1967.
Le Livre des fuites, Gallimard, L'Imaginaire n° 225, 1969.
La Guerre, Gallimard, L'Imaginaire n° 271, 1970.
Les Géants, Gallimard, L'Imaginaire n° 362, 1973.
Voyages de l'autre côté, Gallimard, n° 326, 1975.
Les Prophéties du Chilam Balam, Gallimard, 1976.
Mondo et autres histoires, Gallimard, Folio n° 1365 ; Folio plus n° 18 ; Folioplus classiques n° 67 [*Peuple du ciel* suivi des *Bergers*, Folio 2€ n° 3792], 1978.
L'Inconnu sur la terre, Gallimard, L'Imaginaire n° 394, 1978.
Désert, Gallimard, Folio n° 1670, 1980.
Trois Villes Saintes, Gallimard, 1980.
La Ronde et autres faits divers, Gallimard, Folio n° 2148, 1982.
Relation de Michoacán, Gallimard, 1984.

Suite en fin d'ouvrage

J. M. G. Le Clézio
Prix Nobel de littérature

IDENTITÉ NOMADE

Robert Laffont

Pages 8 et 9 : tableau de Mahi Binebine

92, avenue de France 75013 Paris
ISBN : 978-2-221-27263-3
Dépôt légal : janvier 2024

Aux Étoiles de Sidi Moumen
et aux Étoiles de Jemaa El Fna.

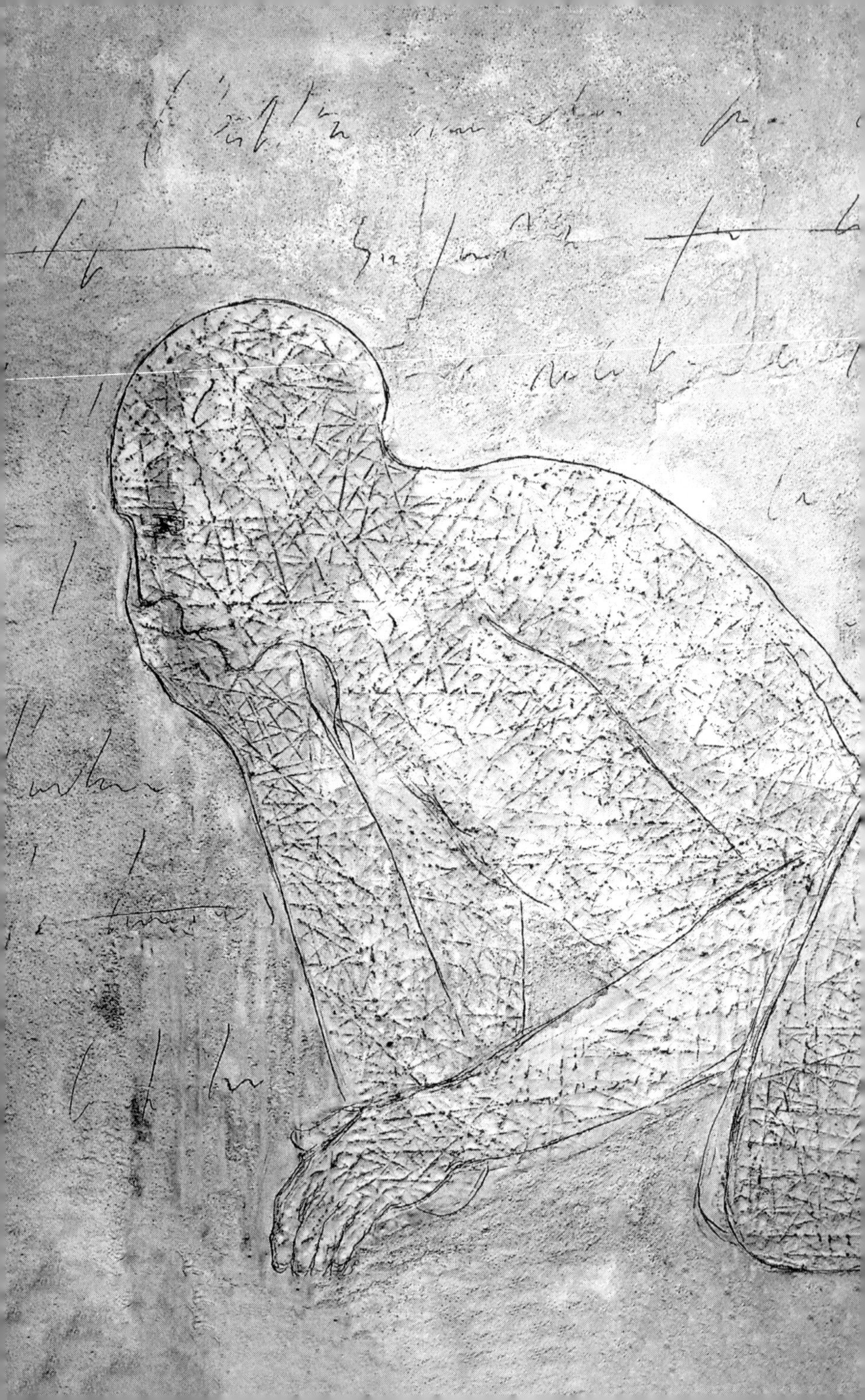

UNE ENFANCE DANS LA GUERRE

J'ai eu la chance et la malchance de naître pendant la guerre, or les enfants nés dans une guerre sont particulièrement attentifs au malheur et à la difficulté de la vie. Je me souviens très bien des bombardements, ma mère, ma grand-mère, mon frère et moi vivions à Nice à cette époque-là. Mon père était médecin en Afrique. Nous étions séparés par la guerre. Je ne l'ai pas connu avant l'âge de dix ans. Quand les conflits se sont terminés, nous avons fait un voyage vers le Nigeria au cours duquel j'ai rencontré mon père. Cette vie de la guerre, je crois qu'elle m'a sensibilisé à tout ce qui peut se passer, parce qu'un enfant est une sorte d'éponge, il capture absolument tout ce qui se passe.

J'écoutais les rumeurs, la première fois que j'ai entendu parler de la mort, c'est pendant la guerre, je devais avoir cinq ans, un de mes camarades de jeux un peu plus âgé – il devait avoir une douzaine d'années – a sauté en transportant un explosif. Il allait poser ces explosifs pour faire sauter les ponts afin que les Allemands ne progressent pas. C'est la première fois que j'ai su ce qu'était la mort, parce qu'autrement je n'avais pas la moindre idée de ce qu'elle signifiait.

Les enfants qui vivent dans ces périodes-là sont particulièrement attentifs à tout ce qui peut se produire de bien et de mal. Le bien, c'est la joie que peut donner un moment de liberté. Lorsque nous étions autorisés à sortir de l'endroit où nous nous abritions, ma mère nous emmenait au bord d'une petite rivière où nous prenions des bains. Je me rappelle comme quelque chose de merveilleux l'eau de la rivière, le soleil, c'était en été, c'était dans la région niçoise, je me souviens de ces heures-là. Je me souviens d'avoir mangé avec délice des pommes de terre, nous n'en avions pas, nous connaissions juste les topinambours et les rutabagas qui ont nourri tous les gens de cette époque. Je me souviens des moissons aussi, qui se faisaient à la faux. Ceux qui n'étaient pas partis à la guerre, les femmes et les personnes un peu âgées, moissonnaient le blé manuellement. Je me souviens d'avoir ramassé les grains de blé avec ma grand-mère, ensuite on les broyait dans le moulin à café pour faire de la farine, et on faisait des petits gâteaux avec cette farine. Les joies que peuvent donner des choses très simples comme la nourriture, la moisson, le soleil, l'eau des rivières, je les mentionne ici pour dire qu'au fond mon intérêt pour les émotions d'enfance a pour racines ces moments de la guerre.

Aujourd'hui, lorsque l'on va dans le sud de la France, on ne peut pas imaginer que les gens mouraient de faim parce que c'est un endroit de grand luxe, mais à la fin de la guerre, des gens âgés, des enfants sont morts en nombre effrayant, non pas de mauvais traitement mais de dysenterie et de maladies causées par la dénutrition. Moi-même j'ai attrapé la tuberculose à cette époque-là. Les maladies qui désormais ont l'air d'être éradiquées dans la partie développée du monde sont réapparues à cette période-là et ont frappé très cruellement.

Dans ma famille, des personnes sont littéralement mortes de faim. Je pense en particulier à deux sœurs, des amies de ma grand-mère, qui vivaient dans un sous-sol d'une villa niçoise, dans un état de dénuement total, ne se nourrissant que de déchets qu'elles trouvaient au marché, ou d'abats de boucherie qu'elles partageaient avec leur meute de chats à demi sauvages. L'une d'elles, qui se prénommait Mathilde, est morte à la fin de la guerre, à cause de la dénutrition et de la tuberculose. À cette période, beaucoup de gens âgés sont vraiment morts de faim parce qu'ils n'avaient plus rien à manger. Il n'y avait rien. Nice est une ville frivole, c'est une ville fondée sur les casinos, le luxe, mais quand une guerre éclate, les casinos et le luxe ne fonctionnent plus, donc la ville sombre dans une dépression économique très grave. Comme les terres de culture avaient été remplacées par des terres de développement urbain, il n'y avait plus de production, il n'y avait plus rien. En revanche, dans le nord de l'Europe, les gens avaient relativement de quoi manger, de quoi vivre. Cet aspect de la guerre m'a laissé une marque très forte, et le sentiment que les premières victimes des guerres sont les personnes âgées et les enfants. La guerre n'est certes pas un moment de gloire, ce n'est pas un moment qu'on doit célébrer, c'est un moment qu'on doit regretter, un moment dont on doit se plaindre. La guerre n'est pas de l'héroïsme, c'est la mort des personnes âgées et des enfants. Ce sont eux les premières victimes. Je crois que, si on veut définir ce qu'est la guerre, je dirais que c'est un crime contre les vieux et contre les enfants.

J'ALLAIS DEVENIR AFRICAIN

Quand j'ai eu huit ans, j'ai quitté l'Europe pour aller retrouver mon père qui était installé en Afrique anglaise, au Nigeria, dans la région de la rivière Cross. J'ai pensé que je ne reviendrais jamais en France. J'ai fait mes adieux à ma grand-mère, des adieux très émouvants parce que j'ai cru que je ne la reverrais jamais. Avec ma mère et mon frère, j'ai pris un bateau de la compagnie Holland Africa Line, appelé le *Nigerstrom* et nous sommes partis pour le Nigeria. C'était un voyage très long et j'étais au cours de ce périple décidé à me dépouiller, à me défaire de tout ce que je savais de l'Europe. Je ne reverrais plus l'Europe. J'allais devenir africain et pour expérimenter le mieux cette traversée, j'ai écrit un petit roman sur ce bateau. C'est un roman d'enfant. Il avait pour titre *Oradi noir*. Oradi était le nom du personnage, un garçon africain de mon âge. Cet enfant avait été perdu en Europe et il retournait en Afrique pour découvrir la terre de sa famille, la terre de ses parents, sa terre.

Ce petit roman m'a aidé à faire le passage vers l'Afrique depuis l'Europe, qui était un continent très douloureux. L'Europe après la guerre était ruinée, il n'y avait plus d'argent, plus rien à manger, le territoire était dans un état de destruction totale. Je quittais ce pays détruit pour aller vers un pays que j'imaginais être celui de la satiété. L'Afrique, pour moi, c'était la terre de l'abondance. Dès que nous avons touché la côte africaine, c'est-à-dire Dakar, et puis Lome, Cotonou, Takoradi, à chaque escale arrivaient des fruits et des légumes sur le navire, des choses qu'on ne connaissait pas en Europe. J'ai goûté un avocat pour la première fois pendant cette traversée et j'ai goûté aux fruits tropicaux, aux ananas, aux bananes, j'ai mangé tout ce que je voulais, parce que ce bateau qui faisait ce voyage était aussi un passage vers une terre d'abondance.

La France que je laissais était un pays fermé par la guerre, on avait construit des murs qui empêchaient d'atteindre la Méditerranée, tous les bords de mer étaient obstrués par des murailles peintes en vert, en marron et en jaune pour que les avions ne puissent pas repérer les cibles... C'était les Allemands qui avaient monté ces murailles.

De plus, l'aviation canadienne et américaine bombardait Nice parce qu'il y restait encore quelques Allemands. Le pont du Var avait été détruit, lorsque ma mère partait à vélo pour chercher des légumes, elle devait traverser le fleuve à gué, et plus tard, lorsque les Alliés sont arrivés, ils ont construit sur le fleuve un pont Baylet, suspendu à des flotteurs de bois. Donc nous recevions des bombes sans savoir pourquoi... Ce sentiment d'être enfermé dans une prison à ciel ouvert, avec le danger qui provenait des bombardements, ainsi que des mines, parce que les Allemands avaient truffé la région de mines antipersonnel, était terrible. Nous, les enfants, nous n'avions pas le droit d'aller vagabonder, il fallait que nous restions enfermés parce qu'il y avait un danger de sauter sur ces mines. Ou de recevoir une balle perdue dans les derniers combats.

SECONDE ENFANCE

Nous avons quitté ce monde pour naviguer vers un pays où nous pouvions aller pieds nus, courir dans la forêt, dans la savane, où nous pouvions découvrir la vie, les insectes, les serpents, les scorpions, et de temps en temps un singe, un babouin qui passait non loin ; c'était tout à fait enivrant. Ce n'était pas une liberté fade, c'était une vraie liberté. Mais nous grandissions dans un cadre assez strict parce que ma mère tenait à ce que nous ne rations pas notre scolarité, donc nous suivions des cours de mathématiques et d'orthographe le matin. C'était elle qui faisait l'école. Mais l'après-midi, et quand je dis l'après-midi, j'ai l'impression que cela durait plus que l'après-midi, cela durait des jours entiers, nous avions des cours d'écologie, c'est-à-dire que nous étions lâchés dans la savane, nous vagabondions dans la forêt, nous courions, nous découvrions le monde naturel. Mais nous découvrions aussi l'amitié, parce que nous étions entourés par les enfants ibos, nous avons dû apprendre des mots en ibo pour pouvoir nous entendre avec eux, nous avons appris à vivre pour de vrai. Nous avions vécu enfermés par la guerre ; nous connaissions la liberté et le bonheur de l'existence grâce à l'Afrique.

Les enfants avec qui nous vivions avaient nos âges, c'est-à-dire entre huit et douze ans, mais ils étaient déjà des adultes parce que les Africains grandissent très vite. Je me souviens en particulier d'une petite fille de douze ans qui faisait partie de notre groupe, et qui un jour est venue annoncer qu'elle ne pourrait plus nous accompagner parce qu'elle allait se marier. C'était une vie si différente de ma première enfance. Or, pour un enfant assez jeune, découvrir qu'on peut être adulte très tôt, c'est une vraie révélation. Cela fait qu'on prend la vie très au sérieux.

Quand, après ce séjour en Afrique, j'ai dû revenir en France pour continuer mes études, parce que notre mère tenait à ce que nous ayons une vie normale – nous allions vraiment à l'école, elle n'était pas très bonne pour enseigner de toute façon –, j'ai observé que les enfants de nos âges étaient immatures, ils n'avaient pas cette expérience qu'avaient les enfants africains.

Cela m'a donné le sentiment que le monde était divisé en deux. Il y en avait un dans lequel l'enfance durait peut-être trop, et un autre dans lequel l'enfance ne durait peut-être pas assez. Et j'étais entre ces deux mondes. Voilà l'impression que j'ai eue. Ce n'était pas une impression de liberté, c'était celle que la nature était plus libre en Afrique mais que les enfants l'étaient moins, ils étaient d'emblée plus orientés vers la vie adulte. Plus respectueux de leurs parents que ne l'étaient les enfants en France. Beaucoup moins agressifs verbalement. Il y avait en eux quelque chose de très différent.

J'ajouterai encore que les enfants africains jouaient très peu, ils possédaient très peu de jeux, leurs activités étaient en général liées à l'utilité de la vie. C'est-à-dire aller chercher du bois pour le feu, aider à la construction, et parler. Ils parlaient beaucoup. En France, les enfants avaient des jeux, un de ceux auxquels j'ai essayé de m'adapter, mais je n'y suis pas arrivé, c'était le football. Je n'ai jamais réussi à jouer au football correctement. Je ne sais pas pourquoi ce n'est pas rentré. Peut-être parce que les Africains à cette époque-là n'y jouaient pas, il y avait d'autres jeux, ils nageaient dans la rivière, on a nagé, et ils couraient, on a couru ; mais on ne courait pas derrière une balle, c'était différent. J'ai eu beaucoup de mal à me faire à ce passage.

J'ai dû trouver ma liberté plus tard en France, cette liberté, c'était de pouvoir écrire, d'inventer des histoires et des personnages. À compter de ce jour-là, je pouvais réaliser ce qu'il m'était impossible de faire dans la vie de tous les jours.

TÉMOIN DE LA COLONISATION

Quelque temps après notre installation, au début des années 1950, je suis allé avec mes parents au Maroc pour un voyage touristique. Mon père était à la retraite, il voulait connaître Marrakech, nous sommes donc allés en bateau jusqu'à Casablanca et, de là, nous avons pris un autobus pour rejoindre Marrakech. C'était assez long, le voyage fut même épique.

Mon père qui était un médecin de l'armée coloniale britannique a été choqué par une scène qui m'est restée dans l'esprit. Nous étions dans le bus et le conducteur, un Français, à un moment donné, a arrêté son bus, il a contrôlé les passagers ; or il y avait là un pauvre vieux qui n'avait pas de quoi payer son trajet. Le chauffeur a fait descendre ce pauvre paysan marocain sur la route, c'était en plein champ, il est descendu. Mon père m'a dit : « Tu vois, ça, c'est la colonisation, il faut mettre fin à ce système parce que ce n'est pas normal qu'on ne partage pas avec un homme âgé et qu'on ne l'aide pas en lui accordant le passage dans le bus. » C'est donc en allant à Marrakech que j'ai aperçu les injustices de la colonisation.

J'ai ensuite découvert Marrakech évidemment, qui était un endroit encore assez différent de ce que la ville est devenue. Il y avait beaucoup de poussière, je me souviens de la poussière qui couvrait la ville. Mais il y avait ce roulement des tambours, c'étaient les Gnaouas, ils étaient déjà là, ils ont toujours été là. Et il y avait les charmeurs de serpents, les vendeurs de colifichets, tous étaient là, je retrouve tout cela encore aujourd'hui.

Quand, récemment, je suis monté sur la terrasse de l'hôtel France en souvenir de ce voyage – c'était le seul hôtel à l'époque –, j'ai bu du thé et j'ai regardé la ville de Marrakech qui s'étendait sous mes yeux. Ça a été une grande émotion, à la fois d'exotisme et d'humanité je crois, les deux étaient joints.

J'ai en moi cette profonde reconnaissance que l'Afrique m'a donné la joie de vivre quand j'avais huit ans, alors que je venais d'un pays détruit. Je crois que je n'oublierai jamais cette bascule. Quand on parle de l'Afrique comme d'un continent pauvre, d'un continent frappé par le malheur, je ne peux pas comprendre ce discours, parce que pour moi c'est l'inverse, c'est l'Europe qui était frappée par le malheur, c'est l'Europe qui était pauvre et j'allais vers le pays de la prospérité, de la richesse.

Bien sûr on était témoins d'injustices très cruelles. Les premières images que j'ai retenues de l'Afrique au Nigeria, ce sont des prisonniers qui étaient conduits par un garde anglais, ils étaient enchaînés et ils marchaient au bord de la route, une pioche sur l'épaule, parce qu'ils allaient construire la piscine du DO – DO signifiant le *District Officer*. Et j'ai le souvenir de ce bruit des chaînes des prisonniers marchant le long de la route et ça m'a frappé comme une chose très cruelle, très injuste, que l'administrateur britannique fasse construire sa piscine privée par des prisonniers, lesquels étaient terriblement maltraités puisqu'ils étaient enchaînés et ils marchaient à pied le long de la route.

J'ai gardé en image la première fois que j'ai touché à l'Afrique, c'était à Dakar et j'étais enivré par l'odeur d'arachides. Dakar était la capitale de la culture de l'arachide, les usines Lesieur y étaient implantées, le pays ne s'appelait pas le Sénégal à l'époque, on disait « Afrique de l'Ouest ». Quand on débarquait à Dakar, on était imprégné par cette odeur, ça fait un peu tousser mais en même temps c'est une odeur d'huile, c'est une odeur de quelque chose de riche, et de très enivrant. Et puis après, tout le long de la côte, Takoradi, c'était merveilleux de beauté physique. La plage de Takoradi à l'époque n'était pas ce qu'elle est devenue, c'était une plage déserte avec du sable très blanc, j'ai pris le premier bain de mer de ma vie, ce fut là parce qu'en Europe on ne pouvait pas y aller, comme je l'ai évoqué, les accès à la mer étant interdits. L'Afrique est donc pour moi un continent de liberté, un continent de prospérité. J'ai des images très cruelles de la colonisation, mais elles n'ont pas contredit le sentiment de bonheur et de prospérité que m'a donné le Nigeria à cette époque.

Le pays m'a fait oublier la guerre, il était très prospère car la structure économique y était traditionnelle, ce qui veut dire que c'était vraiment de l'agriculture. Quelque temps plus tard, on a découvert un des malheurs du monde qui est le pétrole, cela fut un désastre pour le Nigeria. La guerre du Biafra, c'était une guerre pour le pétrole, rien d'autre. Les Français et les Russes soutenaient les Ibos, les Anglais et les Américains soutenaient les Yorubas. Les Yorubas et les Ibos ont commencé une guerre fratricide très cruelle, elle a détruit le Nigeria qui était un pays de prospérité et qui est devenu un pays de malheur et de difficulté.

Aujourd'hui cela reste le cas, le sud du pays, la région où j'ai vécu pendant ce temps où j'étais au Nigeria, est une région qui est catastrophée écologiquement. Le pétrole a tout détruit, tout sali, tout aboli. Pour ces raisons je suis assez sensible aux deux, tous deux sont liés, la guerre stratégique, la guerre économique sont liées à la destruction de l'écologie, à la destruction de notre maison puisqu'« écologie » ça veut dire la science de la maison. On a détruit la maison des Nigérians. Mais ce n'est pas le seul endroit, il y a d'autres endroits dans le monde où c'est ainsi, guerre stratégique et guerre contre l'écologie.

LA QUESTION DE L'IDENTITÉ

Je suis un homme qui a connu un autre monde, et j'essaye d'en rendre compte, non pas par nostalgie mais parce que je suis attaché à tout ce qui m'a créé, tout ce qui m'a formé. C'est peut-être un défaut propre aux écrivains, celui d'écrire sans cesse les mêmes choses, de remettre sans cesse en scène ce qui les hante et ce qui les a motivés. Mais la question de l'identité ne s'est pas vraiment posée pour moi parce que je suis né dans une situation très bizarre.

Mes parents sont mauriciens donc africains, mais l'île Maurice est le plus petit pays de l'Union des États africains : on parle bien de la république de Maurice. À ma naissance, celle-ci n'existait pas, c'était une colonie britannique, je suis donc né britannique. C'est la raison pour laquelle je signe mes livres « JMG », en effet c'est ce qui est écrit sur mon passeport britannique : sur la couverture, on mettait les initiales du prénom et jamais le nom entier. Donc j'ai gardé ce gimmick par la suite.

Puis, lorsque j'ai eu dix-sept ans, et que j'approchais de mes dix-huit ans, la guerre faisait rage en Algérie. Mon père m'a déconseillé d'aller faire mon service. J'étais français par ma mère, j'étais britannique par mon père, celui-ci m'a même dit : « Tu devrais renoncer à la nationalité française, il n'y a aucune raison d'aller tuer les Algériens. » Je suis donc allé à la caserne et je leur ai dit : « Désolé, mais j'ai été convoqué pour faire mon service militaire, et donc être envoyé en Algérie, mais je ne vais pas y aller parce que je suis britannique. » Ils m'ont répondu : « Mais comment ça, vous êtes britannique ? » J'ai annoncé : « Oui j'ai les deux nationalités ! » Ils m'ont alors répliqué : « Il faut attendre vos dix-huit ans et là, vous pourrez choisir. » Quand mes dix-huit ans ont sonné, je suis retourné à la caserne et je leur ai dit : « Voilà je reviens, je viens vous dire que je ne vais pas entrer dans l'armée, je ne vais pas faire mon service militaire. » Et eux de me répondre : « Mais il fallait faire la démarche avant les dix-huit ans ! »

J'ai donc dû faire mon service militaire mais heureusement, grâce au général de Gaulle qui avait beaucoup de défauts mais qui avait aussi la grande qualité de savoir traiter avec les révolutionnaires algériens, j'ai obtenu des sursis pour terminer mes études médiocres, jusqu'au jour de l'armistice. De Gaulle voulait garder le Sahara, pour lui c'était important d'avoir un territoire où faire sauter les bombes nucléaires, et c'était stratégiquement très important que la France devienne une puissance nucléaire. On en est un peu revenus aujourd'hui mais à l'époque on croyait à cette politique. Il a donc discuté longtemps avec le FLN et le GPRA et enfin, en 1962, il a passé un accord. Ils ont fini par s'entendre, la France aurait jouissance un peu comme un locataire du Sahara, le temps de faire sauter ses bombes et, ultérieurement, le territoire retomberait dans le giron de l'Algérie.

Grâce à ce traité de 1962, j'ai pu faire mon service militaire sans pour autant aller en Algérie, j'ai fait mon service militaire dans le civil, j'ai été envoyé en Thaïlande comme professeur de sciences politiques. C'était assez étrange car je n'y connaissais absolument rien mais j'ai lu des livres de sciences politiques et d'hommes politiques, et j'ai enseigné pendant un an en Thaïlande. Or sur place j'ai connu un problème parce que le pays pratiquait le trafic d'êtres humains. La situation s'est améliorée aujourd'hui, même si le pays n'est pas très net de ce point de vue. J'avais parlé du sujet, le gouvernement thaïlandais m'a donc expulsé. Conséquence, les services français me déclarent : « Vous retournez à la caserne. » Je n'en avais absolument aucune envie, à ce moment-là je leur déclare alors : « Je ne suis vraiment plus du tout français, je suis uniquement britannique et je vais aller vivre en Angleterre ou en Suède, dans un pays où il n'y aura pas de problème de service militaire. » Réponse des services : « On va trouver une solution, on va vous envoyer ailleurs. » J'ai donc été expédié au Mexique, et là, j'ai découvert une civilisation, qui m'a passionné, et le combat écologique que les écrivains mexicains comme Homero Aridjis mènent pour protéger les baleines grises de la Laguna Ojo de Liebre (de Scammon) en Basse-Californie et les papillons monarques dans la Sierra du Michoacan.

DÈS LA NAISSANCE J'ÉTAIS DOUBLE

J'ai finalement eu une vie aventureuse malgré moi et je n'ai pas eu à me poser la question de l'identité parce que dès le départ j'étais double, j'étais britannique-français. D'un autre côté, j'ai vécu un peu en Nigérian, j'ai eu l'impression d'être africain et j'ai commencé à apprendre à parler en ibo, j'ai parlé le *Pidgin English* qui était la langue vernaculaire du Nigeria, ce qui m'a permis de lire ultérieurement un des plus grands écrivains africains qui est Ken Saro-Wiwa, qui a écrit le roman *Sozaboy*. *Sozaboy* fait le lien entre l'enfance et la guerre puisque Sozaboy est un enfant soldat, et il parle de ses problèmes parmi les enfants soldats en Afrique. Le livre est écrit en *Pidgin English*.

Sur la question de l'identité j'ai louvoyé comme on dit en langage imagé, j'ai été comme un serpent ou comme une anguille, j'ai évolué entre les nationalités, entre les dangers que présentaient toutes les nationalités et j'ai refusé de prendre parti dans des questions politiques. Encore aujourd'hui je ne sais pas qui je suis, je ne sais pas si j'appartiens à la culture française.

Pour ce qui est de la littérature, j'aime beaucoup la littérature anglaise. Stevenson est un écrivain que je lis avec joie, en particulier un livre que je recommande aux jeunes, autant garçons que filles, qui s'appelle *Kidnapped*, en français *Enlevé ! Les aventures de David Balfour.* C'est un des grands livres de la littérature anglaise. J'ai lu peu après J.D. Salinger, *The Catcher in the Rye*, en français *L'Attrape-cœurs* et les nouvelles du recueil *Pour Esme avec amour et décrépitude* (*For Esme with Love and Squalor*) et, surtout, ce qui est pour moi la plus belle nouvelle jamais écrite, *Un jour rêvé pour le poisson banane.* Salinger a été aussi presque une obsession pour moi. Je voulais écrire comme il écrivait. Sur la question de l'identité, lorsque j'ai envoyé mon premier manuscrit à un éditeur en France, je l'ai accompagné d'une petite lettre qui prévenait : « Faites attention, ceci n'est pas un Nouveau Roman. » C'était absurde parce que je voulais me relier plus à la littérature anglaise, qui n'avait rien à voir avec le Nouveau Roman, qu'à cette littérature très sophistiquée, abstraite, qu'était la littérature française de l'époque. J'ai donc esquivé, j'étais comme un bateau qui prend les courants et qui essaye de trouver la meilleure voie possible.

LES CHEVEUX LONGS

On pourrait m'attribuer l'expression d'identité hybride même si l'expression me fait penser à un moteur de voiture. Je suis un composé de plusieurs identités.

Ma famille est de lointaine origine bretonne, c'est pourquoi le nom que je porte est un nom breton, dans la langue bretonne. Un de mes ancêtres a fait la Révolution française, il était soldat révolutionnaire, il s'est battu à Valmy, et sur l'autre front, dans l'armée ennemie, il y avait Goethe. Je songe d'un côté à mon arrière-arrière-grand-père, du côté opposé à Goethe, qui participait à la même guerre. Cet ancêtre avait les cheveux longs, comme on les portait traditionnellement en Bretagne. Mais les artistocrates aussi avaient les cheveux longs. Donc un jour un soldat révolutionnaire lui a dit : « Citoyen, il faudra couper tes cheveux. » Il a dégainé son épée et il a répondu : « Il faudra d'abord passer par l'épée. » En conséquence, il ne pouvait plus rester dans l'armée, il a trouvé un endroit où se réfugier, il a choisi un bateau, qui devait aller en Inde, avec sa femme et sa fille âgée de six mois. Mais ils ont été pris par une tempête terrible au cap de Bonne-Espérance, et la femme de mon ancêtre a annoncé : « Je m'arrête à la première destination venue. Je n'irai pas plus loin et je ne reviendrai pas parce que c'est trop terrible, le bateau, je ne veux plus reprendre le bateau. » La fin du voyage, c'était l'île Maurice.

Ma famille est née de ces deux ancêtres, une femme qui ne voulait plus prendre le bateau, et ce personnage qui est resté avec elle à l'île Maurice. Lui n'était pas un planteur, c'était un commerçant. Il vendait des dentelles, des parfums, du vin, peut-être pas des fromages, mais il vendait ce qui provenait de France. Il a d'abord prospéré un peu, et puis il a investi dans un bateau corsaire. Or ce corsaire pour lequel il investissait, qui s'appelait Le Même, un Breton sans doute, était un ivrogne ; au large de l'Inde, il a été entouré par la marine anglaise, l'équipage est venu le tirer de son ivresse en le prévenant : « Il y a des bateaux qui menacent, il faudrait s'en aller », mais il a dit : « Non, non, laissez-moi dormir. » Il a été capturé et mon ancêtre a perdu tout ce qu'il avait investi dans le navire. Il est donc reparti de zéro. C'était un aventurier, un commerçant, il en reste encore quelques-uns aujourd'hui à travers le monde.

LE GOÛT DE L'AVENTURE

Ma famille est restée à Maurice, mais à la génération de mon père, il y a eu une ruine, due à une histoire familiale. Et tous les hommes ont dû s'en aller. Mon père a essayé d'étudier la physique et l'ingénierie, mais il n'était pas assez bon en mathématiques, il s'est tourné vers les études de médecine. Or dans le domaine, il y avait des indésirables, c'était les médecins de médecine coloniale, parce qu'ils savaient qu'ils seraient mal payés et qu'on allait les envoyer dans des pays assez difficiles. Or, précisément, mon père est passé par l'étude de la médecine tropicale, il était dans l'armée britannique, il n'était pas médecin indépendant. On l'a envoyé en Guyane britannique ; de là, il est allé au Nigeria. Je descends donc de toutes ces origines. Du côté de ma mère aussi, ils étaient mauriciens, ils étaient venus s'installer à Paris, et ils ont été ruinés également. Dans cette famille on est alternativement prospères puis ruinés, on vient de pays différents mais on garde quelque chose en commun, j'y vois une espèce de goût pour l'aventure et une attirance pour ce qu'on peut apprendre en voyageant. Je crois que j'ai hérité de ces traits familiaux.

IDENTITÉ NOMADE

Mon identité est là : c'est une identité nomade. Il faut bouger pour apprendre. Je ne voyage pas pour écrire ce que j'écris, mais j'écris pour pouvoir voyager. Ce qui est un peu différent. En général, quand j'écris en situant mon action dans un pays, je n'y suis pas. J'ai écrit sur l'île Maurice quand j'étais installé à Paris. J'ai pu écrire *Désert* dans le sous-sol de l'ambassade d'Espagne à Paris. Je n'étais pas du tout dans le désert. Je ne connaissais pas le désert en réalité. Je n'ai connu le désert que grâce à mon épouse Jemia qui est originaire du Sahara, elle est sahraouia. Grâce à elle, grâce à ma belle-mère qui était aussi de cette origine, descendante de la famille de Sidi Ahmed Laâroussi, j'ai appris énormément sur le Sahara, sur la vie des nomades du désert, ces gens qu'on appelle « Gens des nuages » parce qu'ils passent leur vie à suivre les nuées du ciel pour profiter des rares pluies qui servent à leurs troupeaux de dromadaires.

Au Maroc, c'est très évident, il y a une dimension magique. On le sent à chaque instant. Il y a des lieux magiques, des arbres magiques, il y a des rivières magiques. La personne que j'ai épousée descend non pas d'un magicien mais d'un grand sage, grand saint de l'histoire marocaine, Sidi Ahmed Laâroussi. Et cet homme était prisonnier à Tunis. Pour se libérer il a invoqué Dieu, il a récité une sourate, il me semble que c'est la sourate 99, sur le tremblement de terre : « La terre tremblera de son tremblement. » Alors, un ange est apparu, l'a pris par sa ceinture, parce qu'à l'époque on portait de grandes ceintures, l'a soulevé et lui a fait traverser tout le Maroc, et l'a déposé à la Saqia El Hamra (la Rivière rouge). À la Saqia El Hamra, on peut voir un rocher qui porte la trace des pas de ce saint. On devine encore des traces qu'il a laissées en atterrissant en quelque sorte sur ce rocher. Je suis convaincu que le Maroc est un pays de magie.

Grâce à ma famille marocaine, j'ai aussi appris en particulier l'histoire de Ma El Aïnin, parce que celui-ci était apparenté à la famille des Laâroussi. Cette histoire fascinante du Maroc mérite d'être évoquée.

UNE HISTOIRE PERSONNELLE DU MAROC

Lorsque je vais à Marrakech, cette plaine entourée de montagnes, je ne peux m'empêcher de penser à Ma El Aïnin qui luttait contre la colonisation espagnole et française. Son armée avait campé là en attendant de pouvoir mener le dernier combat contre les envahisseurs. Ma El Aïnin avait parcouru un chemin extrêmement long pour arriver jusqu'ici, il était déjà très âgé et fatigué, il a vécu des jours très intenses, en attendant... Il avait réuni ses partisans, il était venu jusqu'à Marrakech pour recevoir l'adoubement du sultan du Maroc, pour recevoir la bénédiction en quelque sorte. Il a espéré jusqu'au dernier moment qu'un soulèvement général provoquerait un renoncement des envahisseurs. Mais les choses se sont mal passées, il était âgé et n'a pas réussi à rallier les Marocains ; il a dû fuir cette région et peu après cela a été la fin de la résistance. Il est retourné vers la Saqia El Hamra, mais il est malheureusement mort en route.

J'ai pu visiter son tombeau à Tiznit où il est enterré avec son épouse. J'ai une vénération pour Ma El Aïnin, c'était un homme cultivé qui avait une grande bibliothèque et qui avait un idéal dans la vie, c'était celui de maintenir l'autonomie, l'indépendance du pays dans lequel il vivait. C'est à Marrakech donc que s'est déroulé le dernier chapitre de l'histoire de la résistance du Maroc à la progression des forces coloniales.

Les envahisseurs ne sont pas partis, pour toutes sortes de raisons, mais la mémoire de cette résistance est restée, qui fait de Marrakech une ville très spéciale. Marrakech est la ville de l'esprit au Maroc, c'est une ville ancienne. C'est une ville historique puisqu'elle a donné son nom au pays mais c'est aussi une ville qui a une histoire assez forte dans l'histoire de l'identité africaine.

Il ne faut pas oublier également que Marrakech est une oasis : lorsqu'on franchit le désert, on arrive à Marrakech. Cet esprit de l'oasis est un élément important dans la culture de cette ville, cela a un sens profond pour l'histoire parce que l'identité africaine s'est pour partie forgée dans cette ville.

LA GÉOGRAPHIE ET L'HISTOIRE

La culture marocaine au long de cette histoire ne s'est pas toujours identifiée comme étant partie intégrante de l'histoire de l'Afrique. La plupart des Marocains ne se considèrent pas comme des Africains, ils sont davantage tournés vers le nord, ou peut-être vers l'est, que vers le sud. Et pourtant quelque chose les unit. Comment expliquer cette rupture ? Certainement par la géographie, le fait qu'au sud du Maroc il y a un noman's land, un endroit vide, qui est le désert. Enfin vide, prétendument ; en réalité, des gens y habitent. Mais la route des oasis est une route difficile, elle a été parcourue dans les deux sens : par les commerçants qui venaient du sud pour apporter les richesses au nord, et par les explorateurs, et il y en a eu de toutes sortes, ainsi de Camille Douls qui, en 1888, s'est déguisé en pèlerin musulman pour pouvoir atteindre le Sud. Le Sud, c'était Smara, et il a réussi à atteindre la ville sous ce déguisement. D'autres encore ont essayé, René Caillié a voulu accomplir ce voyage par exemple, beaucoup de gens ont essayé cette route qui mène vers le sud ; elle existe mais elle est difficile. Elle explique en effet pourquoi, au Maroc, on se sent un peu étranger à tout ce qui se passe dans le Sud.

La deuxième raison de cette distance tient peut-être moins à la géographie mais davantage à la rupture créée par l'histoire et en particulier par la colonisation : les puissances colonisatrices étaient en effet davantage intéressées par le littoral que par ce qu'il se passait dans le Sud. C'est le long du littoral que se sont installées les puissances colonisatrices, les Espagnols, les Portugais, les Français et, un peu plus tard, les Allemands ont essayé de s'y implanter. C'était bien le littoral qui les intéressait. Ils ont oublié les forces de résistance et l'identité du Sud, hostile à la colonisation, qui existe au Maroc. Preuve en est, cette marche de Ma El Aïnin jusqu'à Marrakech. C'est bien dans sa capacité de résistance que le Maroc a participé à l'authenticité originale de l'Afrique.

CE QUE PEUT LA LITTÉRATURE

Dans ce monde troublé où nous vivons, je me demande souvent à quoi sert la littérature. Un écrivain irlandais connu pour son ironie, Oscar Wilde, auteur par ailleurs d'un remarquable poème pour dénoncer la peine de mort, la *Ballade de la geôle de Reading*, a écrit dans la préface de son roman autobiographique *Le Portrait de Dorian Gray* : « *All art is perfectly useless* », tout art, dont la littérature, est parfaitement inutile. On peut interpréter ce propos quelque peu dénigrant de différentes manières. La littérature est inutile mais peut-être qu'elle peut atteindre la perfection, au sens alors où elle est *parfaitement inutile*. Elle est inutile mais, même dans son inutilité, elle sait être parfaite. L'alternative serait que la perfection n'existe pas et que tout ce qui vise à l'atteindre risque d'être inutile.

À ce propos dénigrant sinon destructeur, Lu Jin, un poète chinois du VIe siècle avant notre ère, répond dans sa *Rapsodie sur la littérature* : « Grande est l'utilité de la littérature qui réunit les principes multiples, car elle jette un gué à travers les millions d'années, et voyage à mille lis sans obstacles. » Le li est une mesure d'environ six cents mètres donc la distance était modeste. Au bout d'une longue histoire semée d'erreurs et de repentances, il n'est pas toujours facile de répondre à la question de ce que peut la littérature. Malgré tous ses vœux, elle n'a pas empêché ce qui ronge l'histoire humaine, elle n'a pas su arrêter la traite des esclaves ni les crimes de la colonisation, elle n'a pas su empêcher les guerres, elle n'a pas su interdire les mouvements haineux et les injustices, elle n'a même pas contredit la dégradation du milieu ambiant, de la nature.

NOTRE BESOIN DE CONSOLATION

Peut-être parfois a-t-elle donné la parole aux grands élans de consolation en incarnant les rêves d'enfance, l'amour, l'espoir d'un monde meilleur, le goût de la beauté. Mais évitons de tomber dans l'angélisme. La littérature – incluant le roman, la poésie, le théâtre et à présent la chanson – ne peut pas être une collection de bons sentiments ni un recueil de règles morales. Elle est en revanche un témoignage, la mesure d'une époque, parfois sa critique. L'écrivain est un témoin, non pas dans un procès – qui serait le procureur de ce procès ? –, mais dans une procédure, il cherche à mieux comprendre les enjeux de notre modernité.

Le plus pessimiste des écrivains modernes, le suédois Stig Dagerman, a recherché toute sa vie cette sorte d'innocence miraculeuse qui lui permettrait de survivre aux destructions et aux malédictions des temps modernes – ce qu'il a écrit dans son roman *Le Serpent*, ou dans ce court essai si beau qu'est *Notre besoin de consolation est impossible à rassasier*. Ce texte justifie l'art littéraire jusque dans son imperfection.

Mais c'est dans un essai journalistique, en fait un journal d'actualité, que Stig Dagerman a démontré le rôle de témoignage de la littérature. Il a été après la guerre sollicité par les journaux américains pour écrire un reportage sur la situation de Berlin au lendemain des bombardements alliés. Cet homme, qui est un pacifiste convaincu, circule dans la capitale allemande détruite. Les destructions qui ont lieu aujourd'hui en Ukraine, celles qui ont sévi en Syrie, qui arrivent parfois en Afrique, forment un exact parallèle avec ce qu'a vécu le peuple de Berlin au lendemain de la guerre. Dagerman parcourt cette ville ravagée, il rencontre des gens, il les fait parler et il les interroge sur le sens qu'ils donnent à la vie : à quoi peuvent-ils croire ? Or ces gens n'ont qu'une question en tête : comment trouver à boire et manger, comment trouver à se loger, comment surtout échapper à la vindicte de l'Armée rouge qui est aux portes, et potentiellement aux procès que va intenter l'armée américaine ? Ces gens sont dans la situation désespérée de bourreaux devenus victimes, ils n'ont pas tous participé aux crimes de guerre, mais ils ont tous participé à l'élection du tyran qui a causé la guerre. Ils se sentent donc responsables mais, en même temps, les problèmes qu'ils vivent vont bien au-delà ou en deçà – comment survivre ? Stig Dagerman, avec beaucoup de cruauté, raconte l'histoire de ces Berlinois à la recherche de familles juives qui ont survécu à la guerre pour obtenir un certificat de bonnes mœurs, parce que c'est leur seul moyen d'échapper à la justice qui va s'abattre sur eux. La lâcheté des victimes est tout à fait compréhensible, mais, au fond c'est la vérité humaine qui apparaît.

Ce témoignage de Stig Dagerman est une grande œuvre littéraire. Je crois que c'est une des plus grandes œuvres qui condamnent la guerre et les violences en conséquence. La littérature peut quelque chose quand elle prend les armes du journalisme pour faire ressentir les problèmes que l'on connaît, les problèmes d'actualité. Ce livre s'intitule *Automne allemand*. Il a été délaissé après la guerre, il a été publié cinq ou six ans après l'armistice, parce que la situation s'était un peu décantée et qu'on a accepté de voir la vérité, à savoir que les Allemands ont souffert de la guerre au même titre que les autres. Ce qu'on refusait de reconnaître. La littérature a ce rôle parfois, la recherche de la vérité.

Un autre grand écrivain qui a parlé de la guerre est le poète Goethe, lequel a tenu le journal de la *Campagne de France*. Goethe parlait le français ; alors qu'il était du côté des Prussiens, on lui amène un prisonnier, un jeune garçon de quatorze ans, un Français arrêté par les Allemands. Comme il parle français, on lui demande d'aider à l'interrogatoire de ce jeune prisonnier. Lorsque Goethe s'adresse à lui, il lui demande : « Mais pourquoi est-ce que vous faites la guerre ? » Le garçon le regarde et lui répond : « Parce que nous, Monsieur, nous mangeons de la bonne soupe. » Sous-entendu, vous, les Allemands, vous n'avalez que des saletés. Le courage de ce garçon a ému Goethe au plus haut point, qui a écrit : « Là j'ai compris que l'alliance des Prussiens, des Allemands et des Anglais allait être vaincue par l'armée révolutionnaire. C'est là que j'ai compris que cette guerre était perdue, elle était gagnée par les révolutionnaires et perdue par l'alliance. » Parce que ce garçon avait le courage de cette réponse, il risquait d'être fusillé, c'était un prisonnier après tout. Voici donc un texte dans lequel la littérature montre sa puissance, sa capacité de résister aux événements et d'en transcrire la vérité.

LA POÉSIE OU LA GUERRE

D'époque en époque, la lumière de la lucidité brille entre les lignes de la littérature. Si nous lisons la poésie de Khayyam, les contes de Rûmî... c'est cette émotion qui nous saisit, nous fait comprendre leur actualité malgré les siècles écoulés.

Un des plus grands poètes de la littérature universelle serait sans doute le japonais Ryōkan, celui qu'on a appelé le « moine fou », parce qu'il vivait seul dans une hutte de montagne et descendait parfois au milieu des hommes, pour danser sur la place ou distribuer des bonbons aux enfants. Il y a aussi eu des personnages analogues dans le monde de l'Islam. Des Soufis se sont également adressés aux enfants et ont dansé. C'était une façon d'exprimer ce qu'ils voulaient dire. La poésie, la danse et le regard de l'enfance. Ainsi, l'art poétique de Ryōkan est très simple. Il énonce : « C'est quand je n'écris pas des poèmes que je suis un poète. » On pourrait imaginer près de lui les Soufis ou bien François d'Assise qui parlait aux fleurs et aux oiseaux.

C'est cet esprit que j'aime à trouver chez les artistes d'aujourd'hui, comme à Marrakech, dans la création du collectif des Étoiles de Jamaa El Fna, ce sont au fond ces enfants, venus de la rue, qui répondent à la demande de la poésie, qui vont donner leur force à la poésie et à la littérature. La littérature, la poésie trouvent leur force dans ceux qui croient en elles. Si on n'y croit pas, la littérature n'a aucun pouvoir, et alors on retrouve la fameuse formule de Goering : « Quand on me parle de culture, je sors mon revolver. » S'il n'y a pas la culture, c'est la violence des armes qui parle.

DE L'AMOUR ET DES PLAFONDS

Au long des années que j'ai vécues, j'ai écrit des petits contes comme ceux qui figurent dans le recueil *Avers* que j'ai publié récemment ; l'envie de donner vie à ces récits m'est venue grâce à un Marocain que j'ai connu en France parce que nous faisions refaire nos plafonds, or les Marocains savent faire des plafonds, c'est même l'art marocain par excellence. Il existe je crois une confrérie, celle des Naqshbandi, qui se consacre à faire des plafonds. Or ce monsieur vivait à Nice, sa famille était restée à Tata, une petite ville à la limite du désert. Il avait, lui, émigré de Tata, il y avait laissé tous les siens, et il venait travailler sur des chantiers. C'est ainsi que je l'ai rencontré. L'homme était d'une grande distinction, alors qu'il vivait dans des conditions très dures. J'en parle parce que cet homme, dans ses moments de liberté, pour manifester sa foi, faisait des plafonds ; c'était un homme très croyant, mais outre la religion, le seul élément qui l'animait, c'était l'amour qu'il éprouvait pour sa femme. Or à cette époque-là, une revue de l'Unesco concevait un numéro spécial dédié à l'amour, et on m'avait chargé de parler de l'amour en France. J'ai décidé d'évoquer cet homme qui était un émigré, ou plus précisément un immigrant en France, spécialisé dans les plafonds et qui, lorsqu'il rentrait chez lui, pensait à sa femme. Toute son existence était orientée vers sa femme qui s'appelait Houria, ce qui veut dire « liberté », et vers sa famille, ses enfants. Il ne vivait que pour cela. Les gens qui l'embauchaient ignoraient tout de cet aspect de sa vie, j'ai été vraiment très ému par cet homme qui était à la fois très simple et d'une grande éducation, d'une grande capacité de réflexion, tout en cultivant l'art de faire des plafonds. Il me semble que, si on considère l'idéal de la création poétique (de toute création, en fait), la perfection d'un plafond lisse, ou orné de stucs, a quelque chose en commun avec la pratique de la langue littéraire.

TRANSITION

En pensant à ce que peut la littérature, à notre époque actuelle, laquelle est semée d'égoïsmes et de violences, je songe au début des années 1930 en Europe, aux États-Unis, en Russie soviétique. Un courant est né, que l'on a appelé la littérature engagée. C'est une spécificité assez française, puisqu'en anglais on lui préféra le nom plus modeste de *commitment*, *committed literature*. La littérature qui signe un contrat en quelque sorte avec la société. Ce courant représenté par des écrivains et des artistes de tous bords a connu de nombreux et prestigieux héros, tels que Steinbeck ou Erskine Caldwell aux États-Unis, Sartre et Camus en France... Les écrivains furent aussi des militants qui défendaient le droit des minorités, ils étaient présents dans les manifestations, ils étaient signataires de pétitions.

Cela dura un certain temps puis, après la guerre, le mouvement décrut. Il décrut peut-être parce qu'il déçut. Le mouvement n'était pas satisfaisant pour tout le monde. Ses engagements, ses participations n'étaient pas suivis d'effets. Steinbeck, par exemple, soutenait les droits des immigrés venus du Sud, mais la discrimination raciale, la fermeture des frontières devinrent la norme aux États-Unis. Il faut rappeler que le sujet des frontières n'est pas récent aux États-Unis. Même Barack Obama qui a été un grand président a fermé les frontières, et il a déporté les immigrants, il les a renvoyés de l'autre côté de la frontière.

Dans le courant du siècle, on accorda des droits aux nouveaux venus, en particulier par un traité qui s'est appelé le *Patriot Act*, la loi patriotique, lequel échangeait la nationalité américaine contre un engagement dans les forces armées pour alimenter l'effort de guerre au Vietnam, en Irak ou en Corée. C'était, il faut l'avouer, une étrange manière de concevoir l'engagement. Il s'agissait d'engagement au sens littéral, on s'engageait dans l'armée pour recevoir en échange des papiers.

En France on n'a pas connu le *Patriot Act* mais la littérature engagée n'a pas pour autant satisfait, parce que les grands auteurs de la littérature engagée ne se prononçaient pas sur un certain nombre de sujets. Sartre a beaucoup hésité à condamner la tyrannie soviétique, et Camus a été très évasif sur la question de l'Algérie. Il a écrit des livres absolument magnifiques, mais quand on lui demandait : « Qu'est-ce que vous dites de la liberté pour les Algériens ? », lui qui était né en Algérie répondait : « En ce moment, on lance des bombes dans les tramways d'Alger. Ma mère peut se trouver dans un de ces tramways. Si c'est cela la justice, je préfère ma mère. » Cela signifiait qu'au fond il choisissait sa communauté, ce qui était très décevant pour celles et ceux qui croyaient en lui. Par ailleurs, il a incontestablement inspiré sa génération et les suivantes.

LE VOYAGE VERTICAL

Si la littérature engagée s'est révélée une illusion, et qu'elle a disparu, elle a provoqué quand même quelque chose. D'abord elle a permis l'ouverture d'une parenthèse dans la littérature en France, mais aussi en Allemagne, en Angleterre, nettement moins en Afrique, c'est ce qu'on a appelé la littérature formaliste de ces années-là. En France le mouvement portait le nom de Nouveau Roman. Il était *nouveau* simplement parce qu'il contredisait les idées sartriennes, les idées camusiennes, parce qu'il dédaignait l'engagement, il n'était plus question d'engagement politique, il était question d'une sorte d'art pour l'art, un luxe, la littérature servait à des recherches ; or leur découverte a une forme de valeur, c'est le voyage vertical. Non pas le voyage horizontal, on ne voyage pas dans le monde réel, on voyage dans le monde vertical, lequel est notre monde intérieur. Cette littérature a aussi des mérites, il n'y a aucun doute, on a accompli de très belles découvertes dans ce voyage.

Mais je crois que ce mouvement n'a pas eu de prise, ou du moins très peu, dans un continent comme l'Afrique où la réalité était très puissante, très forte, elle était une sollicitation permanente, on était sommé à chaque instant de prendre part, voire de prendre parti, les grands écrivains ne pouvaient pas se retrancher dans leur quant à soi, ils ne pouvaient pas se permettre le luxe de l'isolement.

Pour lire à la façon des pays prospères, il faut avoir une chambre où on s'isole, il faut avoir le temps, or en Afrique on n'a pas vraiment le temps de lire ni de s'isoler, soit on dort à plusieurs dans une chambre, soit il y a la radio, la télévision qui marchent à côté ; c'est donc très difficile, sinon impossible. La littérature se révèle alors un combat qu'il faut mener conjointement contre les sollicitations du monde extérieur, mais aussi en s'accordant à elles.

UNE FORME DE COMBAT

Ce mouvement de l'art pour l'art a pris fin dans les années 1960, quand j'ai commencé à écrire, c'était les tout derniers moments. Cette étape a permis qu'émerge un nouveau mode d'expression. Une voix nouvelle a pu s'exprimer dans des pays qui avaient été longtemps exclus de l'art littéraire.

En Asie, en Amérique latine, en Afrique, de jeunes écrivains ont repris le flambeau de la littérature engagée pour continuer la lutte. La Corée a pu compter sur des romanciers et des romancières nés à la fin de la guerre. Je pense notamment à Hwang Sok-yong, l'auteur de *Monsieur Han* et de *La Route de Sampo*, ou à Lee Seung-u, auteur de ce livre extraordinaire contre la militarisation qui est *La Vie rêvée des plantes*. Ce sont des livres engagés. Les écrivains chinois tels que Lao She, Bi Feiyu ou Mo Yan ont insufflé dans leurs romans l'esprit de rébellion et l'expérience qu'ils avaient reçue au temps des exactions de la révolution culturelle. Au Vietnam, les romancières telles que Anna Moï ont mûri leur imaginaire dans l'exil.

Au Mexique, le romancier Juan Rulfo écrivit une œuvre courte et magnifique sur la guerre fratricide qui opposa les rebelles Cristeros aux forces armées du gouvernement marxiste. Au Pérou, le romancier José María Arguedas incarna dans ses romans la révolte des paysans amérindiens dans une langue plurielle où se mêlaient sarcasmes et désespoir. Dans le microcosme des cultures insulaires, à l'île Maurice, aux Antilles, au Vanuatu, la littérature ne pouvait pas être autre que cette forme de combat, pour affirmer une identité contre l'abus et le servage au temps où les grands esprits n'étaient plus Sartre et Camus mais Franz Fanon, Aimé Césaire, Édouard Glissant, Maryse Condé, Déwé Gorodé, Marcel Cabon.

PLEURE, Ô PAYS BIEN-AIMÉ

Parce que je suis, par ma famille, lié à la République de l'île Maurice, il me semble que c'est en Afrique que le mouvement du nouvel engagement s'est le mieux développé, et ce malgré la double difficulté de l'après-colonisation et des tyrannies récentes. Est-ce la suite logique de l'évolution de la littérature dans des régions où l'écrit n'avait pas véritablement commencé ? Ce serait sans doute simplifier un peu l'histoire que de réduire cette éclosion de la littérature africaine à l'accès à l'édition, à l'écriture et à la formation héritée de l'école coloniale.

Dans toutes ses parties, l'Afrique fut le continent où ont émergé l'imaginaire, le conte, l'allégorie. L'Afrique saharienne est l'un des endroits rêvés de cette création littéraire. Ce que l'on désigne souvent comme les bibliothèques du désert fut le réservoir de la création poétique, de la science, de l'intelligence, dans des lieux tels que Tombouctou, Oualata, ou Smara actuellement au Maroc. De nombreuses bibliothèques furent détruites récemment, soit au moment de la conquête militaire française à Smara, soit par les troupes espagnoles dans la Sakia El Hamra, ou bien encore lors des affrontements avec les milices d'al Qaeda comme cela s'est produit récemment à Tombouctou. Du nord au sud, de l'est à l'ouest, la littérature a été la grande passion du continent africain.

Depuis l'Afrique du Sud qui compte un romancier comme Alan Paton qui a écrit *Cry the Beloved Country*, *Pleure, ô pays bien-aimé*, jusqu'à J.M. Coetzee qui a écrit ce roman magnifique *Disgrâce*, et, un peu plus tard, Ahmadou Kourouma, qui a écrit *En attendant le vote des bêtes sauvages*, jusqu'à notre contemporain, que j'aime tant, Abdourahman Waberi qui a écrit ce magnifique livre intitulé *Aux États-Unis d'Afrique*, un livre de vision. Sur tous les modes, avec toutes les ressources des langues vernaculaires, de l'héritage mythique, des amertumes et de l'espoir, la littérature africaine a porté son glaive dans la plaie de l'indifférence, a renversé les valeurs, a créé un nouvel essor loin des académies et des compromis.

LES MARCHÉS CONTRE LES AMBASSADES

Zina Saro-Wiwa, la fille d'un des grands romanciers africains, Ken Saro-Wiwa qui a écrit cet extraordinaire roman *Sozaboy*, a dénoncé le fait que parfois l'Afrique tombe dans un travers causé par la subversion et la séduction du colonisateur, lequel impose sa langue sur toutes les autres, et a étendu une subornation désastreuse par l'argent. Elle désigne l'ensemble du phénomène sous le nom de « l'art des ambassades ». Elle oppose à celui des ambassades l'art spontané africain qui est celui de la parole mais aussi des livres.

Or il ne faut pas oublier que le Nigeria, où elle habite, est le seul endroit du monde où, comme il y a des marchés de légumes, il y a un marché du roman, dans la ville d'Onitsha précisément. Les gens y publient souvent à compte d'auteur des petits romans, sans forcément une grande valeur littéraire, et qui retracent les problèmes de la vie quotidienne. Je donne un exemple : un des romans les plus lus au Nigeria, écrit en anglais mais il aurait pu l'être aussi en ibo, raconte les déboires d'une jeune fille qui veut fumer. Elle aime fumer mais dans sa famille, on le lui a interdit, et c'est le sujet du roman qui se vend sur le marché d'Onitsha.

Dans sa dénonciation, Zina Saro-Wiwa insiste sur le fait que la littérature doit se libérer de la tutelle coloniale et de la prédation de l'argent. Il faut trouver d'autres moyens. Il faut s'en libérer en refusant les aides par la seule volonté d'indépendance et la capacité que les peuples africains ont de renverser les valeurs et de culbuter les ingérences. Les grands auteurs de la littérature africaine ont démontré cette capacité d'indépendance, tels les écrivains du Maghreb Driss Chraïbi, Lounès Matoub, Mohammed Khaïr-Eddine, Mohammed Dib. Parmi les romanciers d'aujourd'hui, il faut lire Sami Tchak, qui dénonce sans concession la violence faite à l'Afrique dans tous ses romans, particulièrement dans un livre que j'admire, intitulé *Al Capone le Malien*. C'est un livre extrêmement dur, féroce, mais qui n'a pas été suffisamment lu, alors qu'il le mériterait.

Voilà ce que l'on peut attendre de cette littérature née dans la guerre d'indépendance, avec l'espoir toujours de se libérer des vieux démons et de la tyrannie. Ainsi le beau roman de l'algérien Yahia Belaskri, paru récemment, qui s'intitule *Le Silence des dieux*, qui décrit la résistance d'un petit village soumis à la tyrannie d'un faux saint homme, en réalité un escroc. Ce sont les femmes de ce village d'Algérie qui se révoltent contre cet escroc qui utilise la religion pour exercer sa tyrannie sur le village, il a enfermé les gens, ceux-ci se libèrent, et les femmes guident le peuple du village vers l'ailleurs, c'est-à-dire vers la vie. Ils sont libérés de la tutelle des mensonges.

J'ai également été saisi par une fable drolatique, récemment parue au Maroc, écrite par le Marocain Driss Jaydane et intitulée *Moïse de Casa*. Il y a peu de livres drôles dans la littérature contemporaine mais celui-ci en est un. Et, à travers ce Marocain, c'est vraiment l'identité africaine qui parle.

Dans la nouvelle littérature dite de participation ou d'engagement, il y a un autre versant : le flambeau qui est repris actuellement n'appartient pas seulement à l'Afrique, il brille maintenant dans toutes les nuits à travers le monde, et c'est sans doute l'emblème d'un combat ancien qui n'a pas encore abouti. C'est celui que brandit la romancière vietnamienne Anna Moï dans *Le Venin du papillon*, par exemple, ou la poétesse chinoise Jae Yang-Min dans son recueil simplement intitulé *Femmes*.

Il y va du droit pour les femmes d'écrire, de raconter leur version des choses, d'être égoïstes, impudiques, acrimonieuses, non pas de prendre la place des hommes, comme quelquefois ceux-ci aimeraient le faire croire, mais de les remettre à leur place ; il y va aussi du droit d'aimer, de forcer le respect, d'inventer un autre modèle de société où elles ne seraient plus seulement des cuisinières ou des muses, des putains ou des mères admirables, mais elles-mêmes, simplement elles-mêmes.

Est-ce par une coïncidence hasardeuse que la plupart des autrices de ce temps soient nées dans cette Afrique nouvelle au moment du grand renversement des empires tutélaires ? En Tunisie, en Algérie, au Sénégal, en Afrique du Sud, en Égypte, au Mozambique, elles s'appellent Fawzia Zouari, Aminata Sow Fall, Chimamanda Ngozi Adichie, Léonora Miano, Awa Thiam, Mariama Bâ, Assia Djebar, Salima Senini, Paulina Chiziane, Charity Waciuma, Grace Ogot, et toutes celles qui aujourd'hui représentent la voix des femmes dans l'aire africaine. Je songe tout autant à Ananda Devi et Priya Hein à l'île Maurice, Gisèle Pineau, Edwidge Danticat, Suzanne Roussi-Césaire aux Antilles, Nélida Piñón au Brésil. Ce que dit cette nouvelle littérature du témoignage, de combat, de revendications, concerne toute notre humanité, quels que soient le sexe, l'origine, la religion, la couleur de peau de celles et de ceux qui l'inventent.

VIVRE ENSEMBLE

À la question de savoir si l'art peut quelque chose, à laquelle le sarcasme d'Oscar Wilde refusait de répondre, je voudrais plutôt me référer à la définition qu'en donne l'artiste, le créateur, le poète, le romancier Mahi Binebine qui exprime simplement la nécessité dans laquelle nous sommes de nous rencontrer entre voisins. L'Afrique, ce continent qui fut fracturé et malmené par l'histoire, et qui est à l'heure où nous parlons soumis aux aléas de la fortune, aux guerres fratricides, aux injustices sociales, ce continent qui doit lutter pour survivre et qui est confronté aux nécessités presque insurmontables de conjuguer le développement et l'équilibre écologique, a besoin de la littérature, parce que la littérature est son meilleur lieu de rencontre, par la création, par l'imaginaire, par l'héritage culturel. Les hommes et les femmes de ce continent ont besoin de se connaître, de se reconnaître.

En traversant les frontières, la littérature permet cette connaissance, cette reconnaissance. Dans l'échange, dans l'aventure, nous cessons d'être des étrangers, nous partageons des rêves, des idées, des mots, des sentiments. Nous apprenons à être ce que souhaite le romancier et peintre marocain Mahi Binebine, des voisins, et qui sait, un jour peut-être comme le souhaitait le grand Martin Luther King dans sa célèbre formule : « Nous avons appris à nager comme des poissons, nous avons appris à voler comme des oiseaux, mais nous n'avons pas appris l'art tout simple de vivre ensemble comme des frères et des sœurs. » Grâce à la littérature, grâce à ces voix multiples, nous avons les armes qu'il faut pour lutter contre tous ceux qui, malgré les enseignements de l'histoire, revêtent aujourd'hui les loques trouées du racisme et de la xénophobie.

C'est en Afrique qu'on a repris le flambeau de la littérature engagée. On l'a repris d'une main ferme, et d'une main parfois vengeresse mais avec beaucoup d'audace et de courage. Je crois que la littérature sur le continent africain a véritablement une mission. Cela ne signifie pas qu'elle n'en a pas en Europe, mais elle est atténuée par le trouble qu'ont causé les passages d'idéologies très contradictoires qui sont encore en vie actuellement malheureusement en Europe, des idéologies aux conséquences aussi graves que celles de l'islamisme. Ces idéologies radicales sont meurtrières et violentes. La littérature, certainement en Europe, a donc sa part de responsabilité dans la lutte contre ces idéologies.

« C'EST VOUS LES SAUVAGES »

L'idée de l'engagement est venue de mon père mais je me souviens également de ce que racontait ma mère ; lorsqu'elle s'est mariée, elle s'est résolue à quitter la France, à partir vivre en Afrique pour le suivre. Ses amis ont tous réagi par des remarques de type : « Mais tu vas vivre dans un pays de sauvages. » Elle leur a répondu : « C'est vous, les sauvages, je crois que je vais apprendre beaucoup en

Afrique. » Elle voulait dire que l'aveuglement, l'égoïsme, l'indifférence de ses amies parisiennes lui semblaient être la vraie sauvagerie, le vrai manque de civilisation. J'ai reçu de ma mère et de mon père ces leçons de vie et je les mets en application comme je peux dans ce que j'écris.

Alors écrire, c'est agir, et je tiens à ce que le mot « agir » soit mon motif, parce que la plupart du temps l'écrivain n'agit pas, c'est quelqu'un qui est par nature statique, c'est quelqu'un qui est enfermé et qui sort de temps en temps et est étonné de voir que le monde existe, et capte tout ce qui se passe dans la rue, autour de lui, autour d'elle, et qui en fait son butin, en quelque sorte. Mais c'est une participation qui peut lui paraître insuffisante, voire frustrante. C'est le sentiment qu'exprime Oscar Wilde dans la formule désabusée que je citais plus haut. Il fut aussi à l'origine du sentiment d'échec qu'énonçait Stig

Dagerman dans ses écrits politiques. Le seul moyen d'action qu'a l'écrivain c'est écrire, et écrire à ce moment-là devient un véritable engagement social.

J'ai écrit *Pawana* après avoir lu un livre écrit par Charles Melville Scammon, un fameux chasseur de baleines de la fin du XIXe siècle qui s'était converti dans la protection des baleines. Son livre, *Marine Mammals of the Southern Seas (Mammifères marins des mers du Sud)*, est un témoignage de la beauté et de la force de vie de ces animaux fabuleux qui étaient alors au bord de l'extinction. Le combat de Scammon a connu un autre chapitre dans le début des années 1970, au moment de la guerre économique que livraient les protecteurs des baleines aux grandes entreprises industrielles. Dans le cas des baleines de la Laguna Scammon, ce n'était pas le pétrole, qui les détruisait, c'était le sel :

la production du sel marin détruisait la faune parce que les baleines en particulier ont besoin de mettre au monde leurs petits dans une lagune dans laquelle l'eau est plus salée, ce qui permet aux petits lorsqu'ils naissent de flotter, ils n'ont pas besoin de faire d'efforts pour respirer. Or cet endroit avait été assailli par des entreprises comme la Mitsubishi, qui est non pas productrice de voitures mais distributrice de sel. Les exploitants de Mitsubishi voulaient précisément s'installer dans cette lagune.

On m'a demandé : que pouvez-vous faire pour nous aider à lutter ? Moi je ne sais rien faire d'autre qu'écrire donc j'ai écrit un petit livre pour parler de la destruction de cette faune, de cette lagune au Mexique. Si je peux mener une action, elle ne se fera que par les livres. C'est toujours dans l'idée que les mots puissent servir à une cause, quelle qu'elle soit, mais une cause qui me semble juste – par exemple en faveur des déshérités que sont les personnes âgées et les enfants dans le cas des guerres, ou en faveur de la flore et la faune qui sont notre maison. C'est dans ces deux buts que j'écris.

CONNAISSANCE ET RECONNAISSANCE

Si la littérature a une utilité, ce n'est rien d'autre que changer le regard qu'on a sur le monde, pour nous inciter à voir ce que nous ignorons, ce que parfois nous dédaignons. Donc si j'ose la formule tirée de la psychologie vers la littérature, ce serait une extrospection. Prendre le regard de l'autre pour mieux comprendre ce qui nous entoure. L'interrogation que pose l'écrivain et qui nous incite à revenir sur nous-même. C'est pour cela que j'insiste sur connaissance et reconnaissance. Si la littérature a une utilité, c'est celle qui nous permet de connaître, connaître les autres, connaître le monde, connaître la vie, connaître la physique pourquoi pas, connaître les sciences, connaître les dimensions de ce qui nous entoure, et se reconnaître dans cette approche, savoir qui l'on est et savoir aussi reconnaître les autres comme étant partie de l'humanité. J'appartiens à une mouvance très forte à l'île Maurice qui s'appelle l'Interculturel. Nous avons créé le docteur Issa Asgarally, son épouse Sarojini et moi-même, une Fondation pour l'interculturel et la paix. La FIP. Grâce à celle-ci, nous pouvons exercer une petite action, à l'échelle de l'île Maurice, essentiellement rencontrer les enfants des écoles parce que les ségrégations se font dès les premières années.

À l'île Maurice, trois groupes humains se côtoient mais ne se rencontrent pratiquement jamais. Ce sont les descendants d'Européens dont je fais partie, les descendants d'Indiens, et les descendants d'Africains. Ils ne se marient pratiquement jamais entre eux. Mais l'école est un moyen de rencontre. Donc nous essayons de faire en sorte que les enfants des écoles européennes, ceux des écoles indiennes, aillent visiter les écoles d'origine africaine, c'est-à-dire créoles. Nous distribuons des livres et nous essayons d'inciter ces enfants à échanger. La rencontre a aussi une propriété thérapeutique parce que les enfants créoles, d'origine africaine, qui sont pour la plupart descendants d'esclaves, se situent au bas de l'échelle sociale. Ils n'ont pas de moyens, ils n'ont pas d'avenir, très souvent ils n'ont pas de métier, et ils sont la proie de la délinquance très tôt, prostitution, vol ou trafic de drogue. Il faut donc agir en leur apportant des livres, en les incitant à échanger verbalement, en les incitant à s'exprimer artistiquement.

La danse est un moyen extraordinaire pour s'exprimer ; il y a des groupes qui font de la danse, de la danse moderne, du breakdance, et d'autres qui font de la danse traditionnelle, des danses locales ; en bougeant leur corps, et en étant fiers de bouger leur corps, ils deviennent fiers d'être eux-mêmes et, à ce moment-là, ils gagnent en assurance pour vivre. Cela reste assez utopique, pour l'instant les progrès sont minces mais on espère. L'île Maurice devient un laboratoire.

LE MONDE DES INDÉSIRABLES

Les Créoles sont les indésirables de l'île Maurice, on ne les voit pas ; j'ai voulu les évoquer dans la collection de contes *Avers*. Il n'y a plus d'intouchables, la République mauricienne a réussi à abolir les intouchables, qui étaient les parias de la société indienne. Pourquoi ? Parce que l'essentiel de la population indienne de Maurice provient des intouchables, sa première action a été de supprimer cette caste. Mais il y a quand même des indésirables, ce sont les Créoles qui descendent des esclaves, qui n'ont pas réussi à remonter la pente, on ne les a jamais aidés, et cela a produit des antagonismes très violents. En 1999, Kaya, un chanteur de seggae – mélange de séga et de reggae –, avait fumé des joints, il a été arrêté par la police, qui est d'origine indienne à Maurice, et qui est très stricte. Il a été jeté en prison, il y a été battu et il y est mort. La population créole s'est soulevée, un mouvement insurrectionnel a émergé, opposant les Indiens et les Créoles. Les deux groupes ethniques étaient armés, certains avec des armes à feu, d'autres avaient des machettes, des couteaux pour couper la canne, tout le monde craignait un bain de sang. Heureusement, à cette époque-là, le président de Maurice était de confession musulmane, il s'appelait Cassam Uteem. Il a eu le courage de venir au milieu des assaillants, il s'est fait déposer en hélicoptère dans le champ de bataille, il leur a tenu le discours suivant : « Vous êtes fous, on est sur île, si on commence à s'entretuer, d'ici peu il n'y aura plus personne. Donnez-vous la main, retrouvez votre unité, vous êtes tous des enfants de l'île Maurice, vous devez vous unir et vous donner la main. » Les Mauriciens qui ont un naturel un peu naïf – comme moi – l'ont écouté, ils se sont donné la main, ils ont formé une ronde autour de l'île. Maurice a une très grande superficie. Ils se sont vraiment donné la main autour de l'île et la paix est revenue. Mais c'était provisoire parce qu'on n'a pas résolu les problèmes, on n'a pas redonné courage aux Créoles.

De manière endémique, les indésirables mauriciens demeurent toujours. Et ils n'ont pas le droit à la parole. Donc il faut les faire parler, il faut les faire danser, leur faire jouer de la musique, leur faire faire du théâtre, c'est le seul moyen, la culture est le seul lieu de rencontre. Si on ne se rencontre pas sur le terrain de la culture, on se rencontrera sur le terrain de la guerre.

Puisqu'on parle d'utopie, je voudrais aussi mentionner un projet qui a pris corps récemment à Maurice, dans l'île Rodrigues. J'en parle un peu dans une longue nouvelle que j'ai évoquée déjà, qui s'appelle *Avers*. Ce projet est né d'une idée ancienne, portée par un écrivain danois du nom de Nikolai Frederik Severin Grundtvig qui inventa en 1870 le concept d'Université populaire. J'étais à Rodrigues en 2017 quand le groupement des femmes du centre Carrefour – connu aussi sous le nom de sa fondatrice Mme Antoinette Prudence, qui fut l'une des militantes de l'autonomie à Rodrigues – décida de lancer l'Université populaire de Rodrigues, destinée à promouvoir l'éducation pour une partie de la population qui n'y a pas accès. Le fait que ce projet éclose à Rodrigues n'est pas anodin, il souligne le rôle important que jouent les femmes de la vie civile – institutrices, infirmières, conseillères d'éducation – dans une île qui est majoritairement dirigée par des hommes issus de la politique centrale de Maurice. Ces femmes, inspirées par Antoinette Prudence, – malheureusement décédée en 2007 –, s'appellent Franchette Gaspard Pierre Louis, Marie Lourdes Léveillé, Elsa Lisette ou Myriam Narainsamy. Leur action peut sembler utopique, comme celle de la FIP, mais elle offre un avenir aux habitants de l'île. Il serait merveilleux que la littérature du monde leur offre un écho, un soutien...

LIRE C'EST ÉCRIRE

Ce que peut la littérature concerne autant les lecteurs que les écrivains. Être lecteur et être écrivain, c'est la même chose. Les écrivains sont des lecteurs et les lecteurs, en lisant les livres, mentalement les réécrivent, ils les interprètent, donc c'est un art commun, c'est l'art du langage. Et que peut le langage ? Peut-être nommer, c'est ça, le but du langage, si ce n'était pas ce but-là, à quoi servirait de parler ? Les animaux n'ont pas besoin de parler parce qu'ils vivent dans l'instant, et ils n'ont pas besoin de nommer ce qu'ils vivent. Les êtres humains, pour des raisons que j'ignore, quand ils ont nommé une action, une idée, un sentiment, une personne, une obsession, celle-ci devient pour eux familière, dès lors elle ajoute de la confiance.

La littérature aide également à lutter contre le temps. Je ne dirais pas que le langage est éternel mais il dure plus longtemps que les locuteurs. Les locuteurs ont une vie assez brève mais le langage dure et se modifie au fil des générations. Je songe au Maroc, un pays multiculturel et multilinguistique, et en plus avec le goût des langues. On y apprend et on y parle tant de langues différentes. Et dans tous les niveaux de la société, pas seulement les gens de la *upper class*, mais parmi toutes les classes sociales. D'abord l'usage de la langue française au Maroc est magnifique, et puis un nombre important d'écrivains dont la langue vernaculaire, maternelle, est l'arabe ou le berbère, écrivent en français, et ils écrivent une langue magnifique, pleine d'inventions, pleine d'idées nouvelles.

Aujourd'hui, en revanche, quand je vais à Paris, je ne comprends pas ce que les gens disent parce que je n'ai pas suivi l'évolution du langage parlé. Je comprends quand ils ont l'accent canadien, l'accent marocain, l'accent du Midi, mais l'accent parisien, je ne le comprends pas. À un moment donné, la continuité du langage a connu une rupture qui fait que, lorsque j'entends cette langue, je me demande de quoi ils parlent. Le locuteur que je suis a une vie plus courte que la langue. La langue continue et elle évolue.

Le langage, l'écriture, la littérature, les arts d'une façon générale servent à nommer, à identifier, donc à connaître et à se reconnaître. Je crois profondément en cette idée. Quand une langue disparaît, c'est tragique. Ce n'est pas un phénomène anodin. Une des qualités de la littérature est dans cette capacité de réinvention de la langue, de réappropriation de la langue.

L'autre fonction de la langue – que ce soit une langue avec une longue tradition de littérature ou une langue plus vivante, plus orale – est aussi dans le métissage. À ce sujet, je voudrais mentionner une recherche que j'ai faite il y a longtemps, à l'époque où je préparais un doctorat de littérature moderne pour l'université de Nice. L'auteur que j'avais choisi d'étudier était Isidore Ducasse, plus connu sous le pseudonyme de comte de Lautréamont, auteur d'un unique poème intitulé *Les Chants de Maldoror*.

Concernant Lautréamont, je devais trouver un sujet de thèse, j'avais travaillé sur Michaux et quand on lit Henri Michaux, nécessairement on est orienté vers l'une des inspirations d'Henri Michaux, Lautréamont. Lautréamont a été le mauvais élève de la littérature française. Il n'a pas laissé de traces visuelles – on n'a pas de photos de lui. Quelquefois, on sort une photo, on dit : « Voilà c'est lui mais non ce n'est pas lui, c'est une photo qu'on a trouvée dans une vieille malle mais il n'y a pas écrit ceci est Isidore Ducasse, comte de Lautréamont, c'est une photo. » Donc on n'a pas d'images de Lautréamont, très peu de lettres de lui, et c'est pourquoi on a même parfois douté de son existence. En outre, il est né en Uruguay, et sa première langue a été un français mâtiné d'espagnol. Il a été élevé par des nourrices qui lui parlaient en espagnol. C'est quelqu'un de métis, totalement métis, et pour moi c'était quelqu'un d'assez intéressant parce que, puisqu'il n'avait pas laissé de traces, je pouvais mettre tout ce que je voulais dans son œuvre et dans son personnage. J'ai mis tout ce que je voulais.

Mais je crois que d'avoir entrepris cette recherche sur les origines plurielles de la langue de Lautréamont, sur le jeu des images et le mélange des références – sur tous les trucages et les pièges dont il a parsemé sa poésie – m'a aidé à comprendre que la littérature est avant tout un art du mélange, du métissage. Lautréamont l'a dit lui-même, dans son recueil d'aphorismes *Poésies 1 et 2* : « La poésie ne peut pas être écrite par un, mais par tous. »

Mais apparemment il existe quelque chose qui s'appelle la magie. Je voyageais, j'avais mis la somme de mes recherches, sous forme de notes sur papier (bien entendu, c'était longtemps avant l'invention des ordinateurs) dans une valise. Et voilà, j'ai perdu cette valise, elle a été volée et quand je l'ai retrouvée, elle ne contenait plus qu'un vieux pantalon qui n'était même pas à moi. Alors j'ai pensé que c'était la magie, Lautréamont avait changé ma thèse en pantalon, il ne voulait pas que je publie ça. J'ai renoncé à cette thèse, J'ai fait une recherche de doctorat sur un sujet complètement différent, c'était une thèse en espagnol sur une population indienne du Mexique. Ça n'avait rien à voir avec Lautréamont. J'ai pensé qu'il ne voulait pas que je dise des sottises... Fin de mon histoire !

Puisque le moment est venu de prendre congé, je voudrais pour conclure vous donner une citation, dont les mots sont pour moi assez importants. À l'âge de dix-sept ou dix-huit ans, j'avais acheté chez un bouquiniste de Londres les œuvres complètes de Shakespeare que je possède encore. C'est un seul volume qui avait appartenu à un collégien, et ce collégien, qui avait l'âge de l'innocence et de l'idéal, et certainement un goût pour la grandiloquence, avait écrit sur la première page du livre : « *My motto : be true to myself.* » (Ma devise, être vrai avec moi-même). Il l'avait lu dans la bouche de Polonius dans *Hamlet*, qui dit :

« *To thine own self be true,*
And it must follow, as the night the day,
Thou canst not then be false to any man. »
(Envers toi-même tu dois être vrai
Et de même que la nuit succède au jour
Tu ne dois jamais être faux envers qui que ce soit.)

C'est devenu ma devise, *be true to yourselves*, soyez vrais avec vous-mêmes, soyez fidèles à vous-mêmes, suivez le conseil admirable du grand Shakespeare. On peut en effet s'interroger sans fin sur le pouvoir des mots, dans notre monde de violence et d'injustice. Je crois aussi qu'on trouve la réponse à cette question dans la littérature.

TABLE DES MATIÈRES

DU MÊME AUTEUR (Suite)

Le Chercheur d'or, Gallimard, Folio n° 2000, 1985.
Voyage à Rodrigues. Journal, Gallimard, Folio n° 2949, 1986.
Le Rêve mexicain ou la Pensée interrompue, Gallimard, Folio essais n° 178, 1988.
Printemps et autres saisons, Gallimard, Folio n° 2264, 1989.
Haï, Skira, 1991.
Onitsha, Gallimard, Folio n° 2472, 1991.
Étoile errante, Gallimard, Folio n° 2592, 1992.
Pawana, Gallimard, La Bibliothèque Gallimard n° 112, 1992.
Diego et Frida, Stock, Folio n° 2746, 1993.
Ailleurs. Entretiens avec Jean-Louis Ezine, Arléa, 1995.
La Quarantaine, Gallimard, Folio n° 2974, 1995.
Poisson d'or, Gallimard, Folio n° 3192, 1997.
La Fête chantée et autres essais de thème amérindien, Gallimard, 1997.
Gens des nuages, Stock, Folio n° 3284, 1997.
Hasard suivi d'*Angoli Mala*, Gallimard, Folio n° 3460, 1999.
Cœur brûle et autres romances, Gallimard, Folio n° 3667, 2000.
L'Enfant de sous le pont, Lire c'est partir, 2000.
Révolutions, Gallimard, Folio n° 4095, 2003.
L'Africain, Mercure de France, Folio n° 4250, 2004.
Ourania, Gallimard, Folio n° 4567, 2006.

Raga. Approche du continent invisible, Seuil, 2006.
Ballaciner, Gallimard, 2007.
Ritournelle de la faim, Gallimard, Folio n° 5053, 2008.
Histoire du pied et autres fantaisies, Gallimard, 2011.
Tempête. Deux novellas, Gallimard, Folio n° 6380, 2014.
Alma, Gallimard, Folio n° 6993, 2017.
Bitna, sous le soleil de Séoul, Stock, Livre de poche n° 35482, 2018.
Quinze causeries en Chine. Aventure poétique et échanges littéraires, Gallimard, 2019.
Chanson bretonne suivi de *L'Enfant de la guerre*, Gallimard, 2020.
Le flot de la poésie continuera de couler, Philippe Rey, Folio n° 7136, 2020.
Avers. Des nouvelles des indésirables, Gallimard, 2023.

Ce livre existe grâce au travail de toute une équipe.

Communication : Caroline Babulle, Solveig de Plunkett, Sabrina Bendali, Inès Paulin, Adélaïde Yvert.

Coordination administrative : Martine Rivierre.

Studio : Pascaline Bressan, Barbara Cassouto-Lhenry, Joël Renaudat.

Fabrication : Muriel Le Ménez, Céline Ducournau, Bernadette Cristini, Sophia Paroussoglou, Isabelle Goulhot.

Commercial, relation libraires et marketing : Catherine Lauprêtre, Ombeline Ermeneux, Élise Iwasinta, Naima Ruan, Arthur Rossi, Joséphine Saint-Paul, Aurélie Scart.

Cessions de droits : Elisabeth Stempak, Benita Edzard, Lucile Besse, Sonia Guerreiro, Costanza Corri.

Gestion : Sophie Veisseyre, Chloé Hocquet, Isabelle Déxès, Pierre Ekel.

Services auteurs : Viviane Ouadenni, Jean-François Rechtman, Catherine Reimbold, Anita Sevenant.

Ressources humaines : Mylène Bourreau, Carine Duchampt.

Juridique : Laëtitia Doré, Anaïs Rebouh, Valérie Robe, Lucie Bergeras, Julia Crosnier.

Avec le soutien des équipes d'Interforum et d'Editis qui participent à la création, la diffusion et la distribution de ce livre.

Canoros Vehit Canentes

Composition et mise en pages
Nord Compo à Villeneuve-d'Ascq

Pour plus d'information :

#lisez! engagé

www.lisez.com

Imprimé sur du papier issu de forêts gérées durablement.

Cet ouvrage a été achevé d'imprimer en décembre 2023
dans les ateliers de Normandie Roto Impression s.a.s.
61250 Lonrai (Orne)
N° éditeur : 66620/01 – N° imprimeur : 2305093

Imprimé en France